AF462938

CATALOGUE

DES

ŒUVRES ORIGINALES

Projets de Monuments

GROUPES — STATUETTES — BUSTES — BAS-RELIEFS

Pièces Décoratives

MARBRES — TERRES CUITES — PLATRES

Beaux Dessins Modèles

Composant l'ŒUVRE de

CARRIER-BELLEUSE

STATUAIRE

Directeur des Travaux d'Art à la Manufacture Nationale de Sèvres.

OBJETS D'ART & DE CURIOSITÉS

Faïences Anciennes — Sèvres

MEUBLES EN BOIS SCULPTÉ & TAPISSERIES

Formant sa Collection particulière

Dont la VENTE aura lieu par suite de son Décès

HOTEL DROUOT, SALLES 1 et 3

Les Lundi 19, Mardi 20, Mercredi 21, Jeudi 22 et Vendredi 23 Décembre 1887, à 2 heures

Me ESCRIBE	M. A. BLOCHE
Commissaire-Priseur	*Expert*
6, Rue de Hanovre	28, Rue Chauchat

Expositions

PARTICULIÈRE	PUBLIQUE
Le Samedi, 17 Décembre	Le Dimanche, 18 Décembre
De 2 heures à 6 heures.	*De 1 heure à 5 heures.*

CONDITIONS DE LA VENTE

1° Elle sera faite au comptant.

2° Les adjudicataires payeront, en sus des enchères, *cinq pour cent* applicables aux frais.

3° Aucune réclamation ne sera admise une fois l'adjudication prononcée.

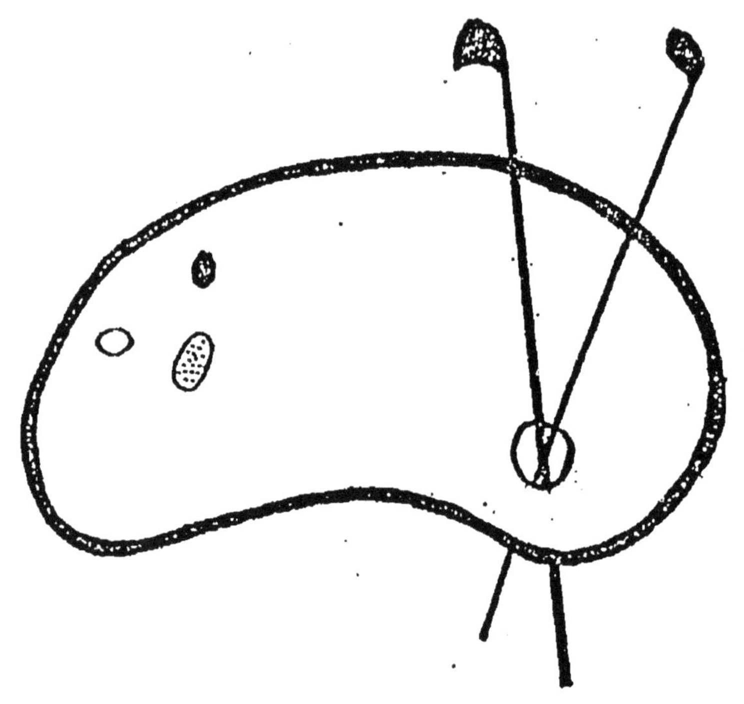

Carrier-Belleuse

'IL est juste de garder un long souvenir aux maîtres qui ont appliqué l'ingéniosité de leur esprit à la renaissance des arts du décor et à la parure de nos demeures, Carrier-Belleuse peut être assuré de conserver dans notre mémoire une place que bien peu pourraient lui disputer. Les nouveaux venus ne savent peut-être pas que son rôle a été considérable; mais ses contemporains sont là pour le dire. Carrier a été pendant bien longtemps l'infatigable artisan des élégances souriantes et des grâces mouvementées; avant Carpeaux, qu'il a précédé de trois ans dans la vie et dans l'art, il a eu l'honneur de réconcilier la sculpture, si froide au moment où il débuta, avec les belles combinaisons des courbes heureuses; il a su, l'un des premiers, agiter les attitudes et mettre sur les visages l'aimable rayon de la vie. Les origines de son talent, ainsi que le caractère de son imagination, expliquent dans une certaine mesure les brillants résultats qui ont été à la fois la récompense de son long effort et la fête de nos regards.

Albert-Ernest Carrier-Belleuse est né, dans le département de l'Aisne, à Anisy-le-Château, le 12 juin 1824. Il était encore enfant lorsqu'il vint à Paris. S'il a jamais connu l'embarras des richesses, ce n'est pas au début de sa carrière. Il fit dès lors deux parts de ses journées. Pendant quelques heures, il apprenait à dessiner et à modeler; il consacrait le reste de son temps au travail du métal, car, à treize ans, il avait été placé en apprentissage chez le ciseleur Beauchery.

Il a pu aussi, comme on l'a raconté, travailler un instant chez l'orfèvre Fauconnier, car ce représentant de l'école menacée n'est mort qu'en 1839 : bien que l'atelier de l'ancien maitre de la Restauration ne fût guère hanté par l'esprit nouveau, le temps qu'y passa Carrier ne fut pas perdu, puisque c'est là qu'il connut les neveux du vieux praticien, les frères Fannière, jeunes alors, mais déjà préoccupés du rêve qu'ils ont réalisé plus tard et qui consistait à renouveler les formes décoratives en les rapprochant des beaux types de la Renaissance.

Pendant ces années deux fois laborieuses et alors qu'il n'avait pas encore trouvé sa voie, Carrier eut la bonne fortune d'être mis en relations avec David d'Angers, qui fut touché de ses jeunes aptitudes et qui, sans avoir été son maître au sens strict du mot, lui accorda son patronage et lui donna le certificat nécessaire pour entrer à l'École des Beaux-Arts. Il y fut admis le 1er avril 1840, c'est-à-dire avant d'avoir atteint sa seizième année. Il étonna ses professeurs et ses camarades par la prestesse de sa main ; Carrier comprenait vite le programme imposé, et son travail était toujours fini avant celui des autres. Tous les succès lui semblaient promis. Il ne s'éternisa cependant pas dans l'officine académique. Il ne fit que la traverser, un peu parce que les nécessités de la vie l'obligeaient à un emploi plus productif de son activité, et sans doute aussi parce qu'il était déjà séduit par un idéal un peu différent de celui qu'on enseignait à l'École. L'étude de l'ornement y était alors fort négligée et c'est vers l'art décoratif que Carrier, qui entendait parler tous les jours de Jean Feuchère et de Klagmann, se sentait irrésistiblement attiré. Il s'y essayait déjà. Nous savons par un témoin de ces lointaines années qu'une des premières œuvres de Carrier — il avait alors dix-huit ans — fut le modèle d'un pommeau de cravache que décoraient deux figurines d'une souplesse originale et charmante.

Ces qualités ne restèrent pas inaperçues. Malgré sa jeunesse, Carrier devint le fournisseur attitré de plusieurs fabricants de bronze et de quelques autres producteurs dont l'industrie trouve dans l'art la raison de son succès. C'est à dater de ce moment que commença pour lui l'existence laborieuse que nous lui avons connue et où chaque semaine était marquée par une création nouvelle. Un jour il cherchait dans l'argile le modèle d'une pendule; le lendemain, il inventait le type d'une torchère ou d'un surtout de table. Il travaillait à la fois pour les maîtres du métal et pour les céramistes, car — il faut tout dire — Carrier est allé jusqu'à modeler des têtes de poupées que l'industrie de Limoges exécutait en porcelaine. Il avait alors de si belles ardeurs qu'il ne connaissait pas la fatigue, et que, sans négliger son œuvre personnelle, il trouvait encore le temps de donner un coup de main à Jules Klagmann qui, dans les circonstances urgentes, avait volontiers recours à son jeune camarade.

Quel bénéfice Carrier a-t-il retiré de ce travail qui aurait épuisé bien vite une imagination moins féconde que la sienne ? Il y gagna une chose précieuse entre toutes, un style. Il comprit tout d'abord que certaines choses ne devaient pas être recommencées. Il avait vu chez les représentants attardés du style de la Restauration et des premières années du règne de Louis-Philippe les modèles sans esprit et sans grâce auxquels le goût public était condamné par une lamentable routine; il sentit que ce bric-à-brac démodé avait dit son dernier mot, et il alla tout de suite vers les aspirations nouvelles. Carrier n'a écrit ses mémoires que dans ses dessins, ses marbres, ses terres cuites, mais de pareilles œuvres, plus éloquentes que toutes les confidences, disent bien quelle évolution s'était accomplie en lui. Il est évident que Carrier a beaucoup étudié, qu'il a beaucoup aimé les maîtres charmants du XVIIIe siècle; il a interrogé les figurines de Clodion et de Marin, il a regardé aussi ces admirables feuilles de papier bleuâtre où Prudhon relève si savamment de touches blanches ses poétiques crayonnages. Il a, dans la mesure de ses forces, repris la suite des affaires de ces enchanteurs auxquels les austères disciples de l'école de David refusaient de rendre justice et qui ont été, en un temps difficile, les conservateurs de la grâce proscrite, les derniers amoureux de l'élégance condamnée. Carrier doit à ces maîtres, d'une sève si française, son goût pour les formes sveltes et parfois un peu allongées, pour le gras du travail savoureux et pour les délicates morbidesses qui font palpiter les jeunes carnations des enfants ou des femmes.

Carrier débuta au Salon de 1851 par deux médaillons de bronze : c'étaient les portraits de deux amis, le graveur Auguste Péquegnot et l'animalier Auguste Cain. Et, tout à coup, l'artiste cesse d'exposer; il a disparu. Cette période de silence correspond à son séjour en Angleterre. Carrier avait cédé aux sollicitations du directeur d'une manufacture de céramique bien connue, la maison Minton. Il était établi dans le Staffordshire, à Stoke-upon-Trent. Dès lors la grande usine d'où nous avons vu sortir tant de faïences émaillées, de biscuits et de majoliques, put savourer la joie qui lui avait manqué si longtemps, celle de posséder de bons modèles. On a pu voir à l'exposition universelle de 1855 que Carrier avait rendu les plus grands services non-seulement à Minton, mais aussi à ses voisins, car à Stoke, tout le monde faisait alors de la céramique, et l'artiste français n'a pas refusé de fournir quelques modèles à W. Copeland et aux successeurs de Wedgwood. L'influence de Carrier se manifesta d'ailleurs sous une autre forme : on avait créé à Stoke une école de dessin et de modelage. Carrier en fut le directeur et c'est pendant cette période qu'il multiplia ces croquis au crayon dont on connaît la grâce inépuisable. Ainsi, par l'exemple et par la parole, Carrier n'a pas cessé, durant son séjour en Angleterre, de prêcher l'évangile des élégances.

Revenu à Paris à la veille de l'exposition universelle

de 1855, il reprit le cours de ses travaux tous les jours renouvelés. En 1857, il reparut au Salon et depuis lors il n'a presque jamais manqué au rendez-vous de l'art moderne. Son nom figure encore au catalogue du dernier Salon. Pendant plus de trente ans, Carrier nous a ainsi montré une série d'œuvres dont le dénombrement rappellerait à nos souvenirs bien des succès. Maître dans le marbre, le bronze et la terre cuite, il a parlé tous les langages de la forme sculptée. Ses créations sont d'une variété infinie. Parmi ses groupes ou ses figures isolées, il suffira de citer *Salve regina* (1861), la *Bacchante* de 1863, qu'on peut revoir au Jardin des Tuileries, *Angelica* (1866), le *Messie*, exposé en 1867 et placé aujourd'hui dans une des chapelles de Saint-Vincent-de-Paul, le monument de Masséna, élevé à Nice en 1868 et cette charmante *Hébé endormie* (1869), qui est au musée du Luxembourg.

A cette légion de statues ou de figurines qui faisaient courir sur leurs formes nues le frisson d'une grâce vivante et quelquefois un peu mondaine, Carrier a ajouté un grand nombre de bustes qui, au moment où ils parurent, avaient un véritable caractère de nouveauté. Les premiers bustes de Carrier ont en effet précédé ceux de Carpeaux et comme nous sortions d'une saison sculpturale où l'art académique avait essayé de nous habituer à la portraiture morne et ennuyeuse, ce fut une joie pour nous de retrouver dans les marbres et dans les terres cuites de Carrier ce qui avait si longtemps manqué au portrait sculpté, je veux dire l'individualité du modèle et l'étincelle de la vie. Je n'ai pas à dresser la liste des bustes de Carrier-Belleuse; elle comprend les noms de bien des hommes illustres dans la politique, les arts et les lettres, elle s'enrichit aussi des effigies d'une élite de charmantes femmes dont il était bon que le type fût conservé pour montrer à l'avenir que notre siècle n'a pas été déshérité et qu'il a possédé, lui aussi, des enchanteresses au sourire souverain.

Tous les bustes de Carrier ne sont cependant pas des portraits. Il a paru croire quelquefois qu'il n'y avait pas à Paris assez de jolies femmes et il en a augmenté le nombre par des types de fantaisie. Le sculpteur comme le peintre a le droit d'inventer des séductrices imaginaires. Inépuisable créateur, et certain que la complaisante argile ne pourrait rien lui refuser, Carrier a modelé une gentille armée de bustes féminins que les partisans de l'idéal austère ont déclaré un peu frivoles, mais qui n'en ont pas moins fait leur chemin dans le monde. Ces terres cuites où domine le caprice seraient sans doute mal à leur place dans un temple : introduites dans un salon, elles y font entrer la gaieté et la jeunesse de leur sourire. Les chairs palpitent, les lèvres s'entr'ouvrent, les narines frémissent comme à l'approche d'un parfum. Assurément, la beauté antique a un autre caractère ; mais la tradition française, si bien comprise ici et si intelligemment obéie, doit nous rendre indulgents pour les maîtres qui ne dédaignent pas l'art de plaire.

Est-il nécessaire d'ajouter que les figures et les bustes exposés au Salon ne représentent qu'une partie de l'œuvre de Carrier-Belleuse ? Il ne pouvait apporter au palais des Champs-Elysées les statues et les bas-reliefs immobilisés aux façades des monuments. Sa fantaisie et sa science le rendaient essentiellement habile à la sculpture décorative. Tout le monde connait son fronton de la Banque de France, où il a représenté *la Paix répandant ses bienfaits sur le Commerce et l'Industrie*, son élégante allégorie de *l'Abondance*, au Louvre (galerie du bord de l'eau), son plafond du pavillon Lesdiguières, ses grandes torchères de l'Opéra, ses cariatides dans l'un des escaliers de l'Hôtel de Ville de Paris. Carrier a aussi travaillé pour les capitales étrangères. On retrouve les traces vivantes de son talent à la nouvelle Bourse de Bruxelles et même dans des régions lointaines où nous n'allons pas tous les jours, Santiago par exemple et Buenos-Ayres où il a élevé des monuments en l'honneur des citoyens auxquels les républiques américaines doivent leur indépendance.

Si occupé qu'il fut de ces œuvres qui agrandissaient sa réputation, Carrier restait fidèle à l'idéal de sa jeunesse et il ne cessait pas de fournir des modèles aux ateliers des orfèvres et des fabricants de bronzes. Si l'on pouvait un jour dépouiller les comptes des grandes maisons dont les créations décorent aujourd'hui les luxueuses demeures de nos financiers ou de nos coquettes, on verrait qu'il en est bien peu, parmi les plus fameuses, qui ne doivent à Carrier le type d'un lampadaire, d'un surtout de table, d'une jardinière ou d'une garniture de cheminée. Les Denière, les Christofle, les Barbedienne, d'autres encore, ont jusqu'à la fin utilisé le crayon et l'ébauchoir de l'infatigable inventeur. En même temps, et bien qu'il ne fut pas céramiste de profession, Carrier continuait à faire çà et là quelques modèles pour les fabricants de porcelaine de luxe et il se trouva d'emblée à la hauteur de sa situation nouvelle lorsque, par une décision du 27 décembre 1875, il fut nommé directeur des travaux d'art à la manufacture nationale de Sèvres.

Cette situation où Carrier a rendu de si notables services, notre ami la conserva jusqu'à sa mort (3 juin 1887). En arrivant à Sèvres, il s'était trouvé sur un terrain connu. Non-seulement il savait, par l'expérience qu'il avait acquise dans les usines du Staffordshire, les conditions matérielles de la fabrication de la porcelaine et les dangereuses surprises auxquelles les caprices du feu exposent les pâtes préparées; mais il revoyait dans le magasin des modèles les types qui avaient jadis fait la gloire de l'ancienne manufacture royale. En reconnaissant les figurines et les groupes de biscuit créés par Falconet, Boizot, Lecomte et Clodion, il se retrouvait avec des amis, car il était lui-même le disciple posthume de ces maîtres aux inventions élégantes. Le XVIIIe siècle qu'il avait dans le cœur se réveilla et lui inspira des caprices nouveaux. Sèvres doit à Carrier des modèles charmants, où le bas-relief et la ronde bosse jouent un grand rôle — il était sculpteur avant tout — mais où l'ornementation est toujours en harmonie avec la destination et le caractère des formes décorées.

Pour les besoins de sa création constante et aussi pour la satisfaction de son rêve personnel, Carrier, qui sentait s'agiter en lui tout un monde de visions et de silhouettes, a été un fécond dessinateur. Les croquis ne sont pas un accident du hasard dans l'œuvre du maître qui voyait tout en relief : ils en sont l'explication, le germe, la première fleur, et ils méritent d'être précieusement conservés. Ces dessins, où le crayon joue librement avec les formes, sont inspirés par une grâce qui ne se lasse pas. Ici ils empruntent leur charme aux souvenirs de la belle Renaissance française; là ils procèdent du caprice de ces maitres du XVIIIe siècle dont Carrier a été parmi nous l'héritier le plus authentique. Ces dessins, où quelques-uns ont cru voir un certain maniérisme, se rattachent aussi à la nature vivante que Carrier avait beaucoup étudiée. C'est en interrogeant sans cesse la vérité en mouvement qu'il était parvenu à donner à son outil tant de souplesse, à ses contours tant de relief. Chez Carrier, l'idéal du dessinateur ne se sépare pas de celui du savant ouvrier du marbre ou de la terre. Et quels glorieux ancêtres il nous rappelle! Lorsque, dessinant d'après nature une tête enfantine aux fossettes rieuses ou une figure de femme nue, il exprime les saillies, les courbes et les méplats de son modèle, Carrier semble parfois avoir retrouvé le crayon attendri de Prudhon; lorsque, promenant sur l'argile sa main délicate, il y inscrit les morbidesses de la vie et les douces moiteurs de l'épiderme, il a pour nous, avec la nouveauté d'un parisianisme que le dernier siècle n'a point connu, le charme amoureux d'un Clodion recommencé.

PAUL MANTZ.

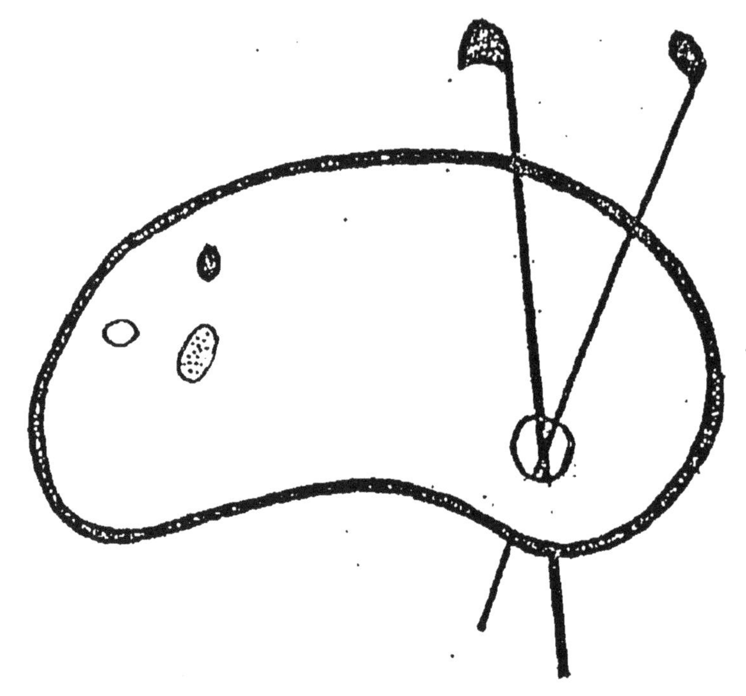

ORIGINAUX

MONUMENTS

Hauteur

1. La Défense de Paris.
Groupe en plâtre. 0m,90

2. La Défense de Paris.
Groupe en plâtre. 0m,40

3. Monument Commémoratif.
OFFERT PAR LA FRANCE A LA SUISSE.
Groupe en plâtre. 0m,50
Projet accepté par l'État, mais non exécuté.

4. Monument de J.-J. Rousseau.
Groupe en plâtre. 0m,60

5. Monument du Général St-Martin.
Groupe en plâtre. 0m,50
Modèle du monument exécuté en marbre dans la cathédrale de Buenos-Ayres.

6. La Paix répandant ses Bienfaits
SUR LE COMMERCE ET L'INDUSTRIE.
Groupe en plâtre. 0m,50
Fronton de la Banque de France.

Hauteur

7. L'Abondance. Groupe en plâtre. 0m,30
Fronton du Louvre, galerie du Bord de l'eau.

8. Le Triomphe de la Paix. 0m,40
Esquisse d'une partie du plafond du Louvre.
(Pavillon Lesdiguières)

9. La Renommée. 0m,30
Écoinçon du plafond du Louvre.

10. Masséna. 0m,70
Projet de la statue élevée à Nice.

11. Nelson. 0m,70

12. Voltaire. 0m,60

13. Jeanne d'Arc, statue équestre.

1er Bas-relief : LA PRISE D'ORLÉANS.

2e — LE SACRE DU ROI A REIMS.

Groupe en plâtre. 0m,95

14. Rachel chantant la Marseillaise.
Statue en plâtre. 1m, »

15. Léda. Statuette en plâtre. 0m,60

16. L'Industrie. Bas-relief en cire. 0m,30

17 et 18. Torchères de l'Opéra.
Groupes en plâtre. 0m,75
Esquisses des modèles.

Hauteur

19. L'Abolition de l'Esclavage.

Groupe en plâtre. 0m,80

Modèle du monument Schoelcher.

20, 21 et 22. STATUES ORNANT LE TOMBEAU DU GÉNÉRAL St-MARTIN, A BUENOS-AYRES :

20. No *a*. La République Argentine.

Statue en plâtre. 1m, »

21. No *b*. L'Agriculture et le Commerce.

Statue en plâtre. 1m, »

22. No *c*. L'Industrie et les Mines.

Statue en plâtre. 1m, »

23. Figaro. Statue en plâtre. 1m, »

24. Médaillon Commémoratif.

L'INAUGURATION DE L'HOTEL-DIEU.

25 et 26. Les Dévouements.

ÉPISODES DU SIÈGE DE PARIS.

25. *a*. L'ATTENTE. DISTRIBUTION DES VIVRES.

26. *b*. BIVOUAC SUR LES REMPARTS.

BUSTES

			Hauteur
27.	Henri Martin.	Terre cuite.	0m,60
28.	Victor Cousin.	Terre cuite.	0m,60
29.	Ernest Renan.	Terre cuite.	0m,60
30.	Sarcey.	Buste.	0m,50

STATUETTE

31.	La Ristori.	Statuette.	0m,60

GROUPES

32.	L'Abondance.	Groupe en terre cuite.	0m,50
33.	La Tentation de Saint-Antoine.	Groupe en plastiline.	0m,50

La dernière œuvre du maître, telle qu'il l'a laissée.

STATUETTES

34.	La Marseillaise.	Statuette.	0m,50
35.	Voltaire jeune.	Statuette.	0m,80

MARBRES

			Hauteur
36.	Ève.	Statue grandeur nature.	1m,50
	Original non terminé, socle en marbre griot.		
37.	Bonne Saison.	Statuette.	0m,60

BUSTES

		Hauteur
38.	Jeune Fille.	0m,60
39.	Printemps.	0m,60
40.	Automne.	0m,60
41.	Regrets.	0m,50

TERRES CUITES

GROUPES

		Hauteur
42.	Ève et ses Enfants.	0m,75
43.	Le Messie.	0m,75
44.	Le Retour des Champs.	0m,75
45.	Les deux Amours.	0m,70
46.	Les Frisonnes.	0m,60
47.	La Confidence.	0m,60
48.	L'Enlèvement.	0m,70
49.	Le Baiser d'amour.	0m,60
50.	L'Amour désarmé.	0m,60
51.	La Tempérance.	0m,60
52.	Les trois Grâces (Jardinière).	0m,60
53.	La jeune Mère.	0m,50
54.	L'Éducation du Faune.	0m,30
55.	L'Innocence tourmentée.	0m,60

		Hauteur
56.	L'Offrande à Bacchus.	$0^{m},50$
57.	La Danse.	1^{m}, »
58.	Bacchanale.	$0^{m},40$
59.	Psyché et l'Amour.	$0^{m},50$
60.	Faune et Bacchantes (Jardinière).	$0^{m},95$
61.	Caresses de l'Amour.	$0^{m},85$
62.	L'Enlèvement.	$0^{m},60$
63.	Le Triton et Bacchante.	$0^{m},60$

PATINÉS

64.	Les Danseurs bretons.	$0^{m},75$
65.	Les Danseurs italiens.	$0^{m},75$
66.	Le Triomphe de Silène.	$0^{m},60$
67.	L'Enlèvement d'Hippodamie.	$0^{m},70$
68.	La Tentation de Saint-Antoine.	$0^{m},60$
69.	Les Titans (Jardinière).	$0^{m},80$
70.	Les Titans (Jardinière).	$0^{m},80$
71.	Le Réveil.	1^{m}, »

GRAND GROUPE

72.	L'Innocence tourmentée.	$1^{m},50$

STATUETTES

		Hauteur
73.	La Cigale.	$0^{m},80$
74.	La Fourmi.	$0^{m},80$
75.	La Léda.	$0^{m},50$
76.	La Diane au Chien.	$0^{m},75$
77.	La Femme au Chat.	$0^{m},80$
78.	La Bacchante au Terme.	$0^{m},65$
79.	La Psyché.	$0^{m},60$
80.	L'Angélique.	$0^{m},65$
81.	La bonne Saison.	$0^{m},60$
82.	L'Enfant (Support).	$0^{m},50$
83.	L'Enfant (Support).	$0^{m},50$
84.	Le Nid.	$0^{m},35$
85.	La Philoméla.	$0^{m},70$
86.	L'Hygia.	$0^{m},60$
87.	L'Automne.	$0^{m},70$
88.	Le Printemps.	$0^{m},70$
89.	L'Ange au Lys.	$0^{m},60$
90.	L'Ange à la Couronne.	$0^{m},60$
91.	L'Amazone.	$0^{m},65$

		Hauteur
92.	L'Ondine.	0^m,80
93.	La Liseuse.	0^m,75
94.	La Source.	0^m,65
95.	La Fileuse.	0^m,70
96.	La Toilette.	0^m,55
97.	La Nuit.	0^m,55
98.	Le Pasteur italien.	0^m,70
99.	La Nourrice italienne.	0^m,70
100.	L'Harmonie.	0^m,55
101.	Phryné.	0^m,45
102.	Eurydice.	0^m,45
103.	Egérie.	0^m,45
104.	Cléopâtre.	0^m,45
105.	Diane victorieuse.	0^m,75
106.	Socle en porphyre.	0^m,99
107.	Violoniste.	0^m,75
108.	L'Enfant Source.	0^m,45
109.	Diane triomphante.	0^m,75
110.	Socle en porphyre.	0^m,99
111.	La Douleur.	0^m,45
112.	Femme à la Colombe.	0^m,20

STATUETTES HISTORIQUES

		Hauteur
113.	Alexandre Dumas.	0m,70
114.	Jean-Jacques Rousseau.	0m,70
115.	Eugène Delacroix.	0m,70
116.	Camille Desmoulins.	0m,80
117.	Molière.	0m,70

BUSTES INÉDITS

118.	Antiope. Amazone.	0m,90
119.	Tomyris. Amazone.	0m,90
120.	Gallia.	0m,90
121.	Mérovingia.	0m,90
122.	Renaissance.	0m,80
123.	Bettina.	0m,70

BUSTES

		Hauteur
124.	Le Printemps.	0^m,60
125.	L'Été.	0^m,60
126.	L'Automne.	0^m,60
127.	L'Hiver.	0^m,60
128.	Annunziata.	0^m,70
129.	L'Éveillée.	0^m,70
130.	La Soucieuse.	0^m,70
131.	Colette.	0^m,75
132.	Colombe.	0^m,60
133.	Papillon.	0^m,60
134.	Arabella.	0^m,80
135.	Le Réveil.	0^m,60
136.	Le Sommeil.	0^m,60
137.	Boudeur.	0^m,55
138.	Rieur.	0^m,55

		Hauteur
139.	Souvenir.	0m,50
140.	Regret.	0m,50
141.	Alsace.	0m,80
142.	Mauresque.	0m,85
143.	Frileuse.	0m,85
144.	Voilée.	0m,85
145.	Ève.	0m,85
146.	Russe.	0m,85
147.	Diadème.	0m,60
148.	Rose.	0m,50
149.	Lys.	0m,50
150.	Paul.	0m,60
151.	Virginie.	0m,60
152.	Italienne.	0m,70
153.	Marguerite Bellangé.	0m,75
154.	Duchesse.	0m,75
155.	Églantine.	0m,75
156.	Bacchante aux roses.	0m,60

		Hauteur
157.	Printemps.	0m,60
158.	Jeune Grecque.	0m,50
159.	L'Eau.	0m,50
160.	Lilas.	0m,60
161.	Marquise.	0m,60
162.	Vierge Raphaël.	0m,70
163.	Cruche cassée.	0m,70
164.	Marie-Antoinette.	0m,65
165.	Lamballe.	0m,54

BUSTES HISTORIQUES

		Hauteur
166.	Murillo.	0m,65
167.	Velasquez.	0m,65
168.	Michel-Ange.	0m,65
169.	Raphaël.	0m,65
170.	Rembrandt	0m,65
A.	Rembrandt Buste en faïence de Deck.	0m,65
171.	Albert Durer.	0m,65
A.	Albert Durer Buste en faïence de Deck.	0m,65
172.	Rubens.	0m,65
173.	Van Ostade.	0m,65
174.	Le Dante.	0m,65
175.	Virgile.	0m,65
176.	Shakespeare.	0m,65
177.	Milton.	0m,65
178.	Mozart.	0m,55
179.	Beethoven.	0m,55

DESSINS

180. Les Arts guidés par la Sagesse.

Grand dessin ayant servi de modèle au vase Carrier-Belleuse du Musée de Sèvres.

181. Les Arts, la Navigation et l'Agriculture

Modèle de décoration ayant servi pour l'exécution du plafond du pavillon Lesdiguières, au Louvre.

182. La Victoire.

Dessin à la sanguine pour le monument élevé Masséna sur la place, à Nice.

183, 184, 185 et 186. Quatre effigies.

Concours du Timbre.

187. Monument de J.-J. Rousseau.

188. Le Génie du Progrès

DOMINANT LE MONDE, 1789.

189. Patria.

190. L'Union fait la Force.

191. Le Denier de la Veuve.

192. Nymphes et Amours, panneau décoratif.

193. Miroir supporté par les Enfants.

194. Femme couchée, cul-de-lampe.

195. La Renommée.

196. Les Fenaisons.

197. Femme nue, pour anse de vase.

198. Vase Louis XVI, SUPPORTÉ PAR DES ENFANTS

199. Femme nue.

200. Cinq Lampadaires, Appliques à Gaz.

201. Cinq Croquis divers.

Surtout, Lampadaire, Monument, Groupe et Statuette.

202. Vase et Lampadaire.

203. Nymphes dansant, Tête de Chapitre.

204. Camille Desmoulins.

205. L'Été et l'Automne.

Frises de la salle à manger du château du Châtelet, en Brie.

206. Quatre croquis.

Deux groupes Nymphes et Amours, une Coupe, une Merveilleuse.

207. Berceau d'Amours.

208. L'Amour au Masque.

209. Quatre croquis.
Trois Monuments, une Femme assise.

210. La Lodgia Florentine.

211. Le Commerce et la Navigation.
Deux figures au pied d'un vase, Fronton.

212. Baigneuse.

213. Eugène Delacroix, croquis.

214. Le Char de Vénus, rehaussé de couleur.

215. Enfants, Source.

216. Minerve.

217. Quatre croquis de Vases.

218. Assiette montée.

219. Monument de Shakespeare.

220. Sous un Bosquet.

221. La Gloire.

222. Vase supporté par des Enfants.

223. Rêverie.

224. Jeunesse.

225. Femme et Amours, Tête de Chapitre.

226. Lampadaire et Enfants.

227. L'Amour aux Oiseaux.

228. Femme couchée, Fronton. } PENDANTS.

229. Femme couchée, — }

230. L'Amour domine le Temps.

231. Cheminée avec Attributs guerriers.

232. Régulateur.

233. Vénus et Amours, Porte-Bouquet.

234. Vase avec Figures de Femmes.

235. Deux Femmes Torchères.

236. La Fontaine aux Amours.

237. Cheminée.

238. Table avec divers objets.

239. Baromètre, le Temps et les Amours.

240. Amours et Miroirs, Modèle.

241. Vase, AVEC ANSE ENFANTS SE TENANT AU COLLET.

242. Source.

243. Vénus et l'Amour.

244. L'Attente.

245. Groupe de Cariatides.

246. L'Été, Enfant à la Gerbe.

247. Vénus Gallypige.

248. Monument de Decaen.

249. La Frileuse, Gaîne.

250. L'Annonciation.

251. Le Tasse.

252, 253 et suivants, jusqu'au n° 271 inclus.

CHACUN DE CES NUMÉROS COMPREND

Une Chemise contenant cinq dessins.

COLLECTIONS

RÉUNIES DANS UN MÊME CADRE

272 à 280. **Neuf Pièces.**

TORCHÈRE, TÊTE DE CHAPITRE, COUPE A ENFANTS, LA SAGESSE ET L'HARMONIE, BAROMÈTRE, LA SAGESSE PROTÉGEANT L'INNOCENCE, DEUX LAMPADAIRES, FEMMES NUES près d'un autel.

281 à 289. **Neuf Pièces.**

ENFANT COUPE, FRISE D'ENFANTS, VASE avec enfants, DEUX CARIATIDES, LAMPADAIRE avec groupe de femmes, VASE à têtes de béliers, AIGUIÈRE AUX AMOURS, FRONTON DE CHEMINÉE.

290 à 296. **Sept Pièces.**

QUATRE ÉCOINÇONS du plafond du Louvre pavillons Lesdiguières et La Trémoille, BRULE-PARFUMS avec groupe de nymphes, CHEMINÉE, FEMME NUE tête de chapitre.

297 à 305. **Neuf Pièces.**

LE BAISER DE LA COLOMBE frise femmes nues, LA JUSTICE, FEMMES TORCHÈRE, NYMPHES ET AMOURS tête de chapitre, LA NUIT, LA TOILETTE DE VÉNUS, THÉIÈRE, NYMPHES HÉRALDIQUES.

306 à 312. **Sept Pièces.**

NAIADES, MIROIR, ASSIETTE MONTÉE, PORTE-BOUQUET, MONUMENT, DEUX TÊTES DE CHAPITRES.

313 à 320. Huit Pièces.

Ecusson, Deux Cariatides, Pieds de Table Lodgia, Supports de Vases, Lampadaires, Médaillon Renaissance, Femme vue de dos.

321 à 328. Huit Pièces.

Le Printemps, Nymphe Héraldique, Nymphe portant une aiguière, Deux Frises la danse et la musique, Les Titans supportant un vase, Trépied, Amour et Sphinx.

329 à 337. Neuf Pièces.

Aiguière Chenet la frileuse, Diane, La Nuit, Vasque d'Intérieur, Groupe de Femmes supportant un cul-de-lampe, Femmes Lampadaires, Tete de Chapitre, Jet d'Eau.

338 à 346. Neuf Pièces.

Titans-Amours fronton, Femme portant un vase, Faunesse, Buste sur Gaine ornée d'amours, Coupe portée par des enfants, La Peinture et la Poésie jardinière, L'Astronomie.

347 à 355. Neuf Pièces.

Femme portant un vase, Assiette montée, Vase Nymphe et Amour, La Musique, La Source, La Fontaine de Jouvence, Vase, Bol a Punch, Vase Décoratif.

356 à 364. Neuf Pièces.

Aiguière et son Plateau, Ecusson aux Amours, Vase aux Coureurs, Amours brûle-parfums, Cadre, Femme anse de vase, Pendule, La Danse torchère, Cartel.

365 à 373. Neuf Pièces.

Source, Fleuve, Femme vue de dos anse de vase, Miroir, Femme décorant un pied de torchère, Pendule les petits carillonneurs, Deux Aiguières, Psyché et l'Amour miroir, Vase et Coupe montés.

374 à 382. Neuf Pièces.

Bacchante au Terme, Femme et Amour fronton, L'Enlèvement, Angélique, Triomphe d'Amphitrite, Cariatide, Femme anse de vase, La Douleur, Aiguière.

383 à 391. Neuf Pièces.

Nymphes et Amours, La Lecture fronton, Femmes supportant un vase, Femmes torchère, Enfants torchère, Nymphes et Amours panneau décoratif, Deux Cariatides, Triomphe de Vénus.

392 à 400. Neuf Pièces.

Buste sur gaine et Amours, Le Repos de la Chimère, Buste Été sur gaine, Cariatide homme, Cariatide femme, Femme portant un vase, Deux Vases aux Amours, La Frileuse fronton.

401 à 409. Neuf Pièces.

Deux Vases décoratifs, Femme en Prière, Femme Nue, Le Penseur, Femme Lampadaire, Pendule, Cariatide, Groupe d'Enfants, La Chasse et la Pêche.

410 à 418. Neuf Pièces.

Cinq Monuments, Brule Parfums, Vase décoratif, Vestale, Pendule aux Amours.

419 à 428. Dix Pièces.

Enfants portant une coupe, Fronton, Deux Lampadaires, Quatre Pendules, Suspension, Vase Décoratif.

429 à 437. Neuf Pièces.

Femme Nue, La Défense de Paris, L'Archange St-Michel, La Paix & la Guerre, Monument de Pierre l'Ermite, Minerve et Titans. Romana monument, Tombeau, Enlèvements deux études.

438 à 446. Neuf Pièces.

Femme Nue, Vasque, Caresses de l'Amour, Deux Torchères, Cafetière et Pot a Crème. Minerve, Printemps, Jardinière.

447 à 453. Sept Pièces.

Suzanne au Bain deux études, Monument de Jean Jacques Rousseau, Buste de Femme. Femme Lampadaire, Femme au pied d'un vase, Courses.

454 à 462. Neuf Pièces.

Monument a Masséna, Frontispice, Lampadaire, Coupe, Garniture de Cheminée, Vase, Deux Cheminées, Groupe d'Enfants et Panthère.

463 à 475. Treize Pièces.

Vénus et Amour, La Maternité, Enfant Pleureur, Vierge, Étude de Femme Nue, La Navigation et l'Agriculture, Enfants supportant une vasque, Deux Groupes, Hercule et Omphale, Frontispice Amour, Pendule, Lyre, Enfants au Taureau.

476 à 482. Sept Pièces.

Trois Batailles croquis des bas-reliefs du monument Guzman Blanco à Caracas, Deux Tombeaux, Gaine avec buste et amours, Hercule aux pieds d'Omphale.

COLLECTIONS

TABLEAUX

483. Intérieur de Monastère, signé DE ROMY.

484. Intérieur de Monastère, DE ROMY.

485. La Musique, scène allégorique de GENDRON.

486. Tête de Femme. École italienne.

487. Femme à la Fontaine. Dessin de DECAEN.

488. Tête de Femme. Dessin de CHIFFLART.

499. Tête d'Homme. Dessin de CHIFFLART.

490. Cadre contenant cinq Croquis.
École italienne.

LIVRES

491 à 497. Sept Volumes.
HERCULANUM ET POMPÉÏ, dont le Musée secret.

498 à 500. Trois Volumes.
LES ARTS SOMPTUAIRES, avec gravures en couleur.

501 à 506. Six Volumes.
MUSÉE DE SCULPTURE.

507 à 513. Sept volumes.
CHEFS-D'ŒUVRES DE L'ART ANTIQUE.

514. Un Volume.
NUMISMATA, virorum illustrium ex Barbadica Genti.

515. Un Volume.
Gravures ŒUVRES DE RUBENS.

516. Un Volume.
STATUES DE L'ANTIQUITÉ.

517. Un Volume.
SPÉCIMENS D'ART ORNEMENTAL.

518. Un Volume.
MUSÉE DE SCULPTURE ANTIQUE ET MODERNE
L'ICONOGRAPHIE (tome V).

519. Album de Gravures, par STELLA.

520. Un Volume.
DES TAPISSERIES DU ROY, avec gravures, 1649.

521 et 522. Deux Volumes.
Personnages Français du XVIe Siècle.

523. Un Volume.
Album de Gravures Jésus-Christ, par J. G. Baurin.

524. Un Volume.
Album du Cabinet des Beaux-Arts.

525. Un Volume, par l'Abbé de Saint-Non.

526. Un Volume.
Collection d'Émaux, par Georges Ogle.
(Édition anglaise).

527. Un Volume.
Traité d'Architecture (Blondel).

528. Un Volume.
Picolpassi (Les trois livres de l'Art du Potier).

529 et 530. Deux Volumes.
Traité du Merveilleux et du Sublime,
Le Lutrin. (Boileau, Despréaux).

531 à 534. Quatre Volumes.
Le Décameron, avec gravures et grandes marges.

535 à 540. Six Volumes.
Fables de La Fontaine, avec gravures.

541 à 558. Dix-huit Volumes.
Œuvres de Dorat avec gravures, édition du XVIIIe siècle.

559. Un Volume.
ABRÉGÉ DE L'HISTOIRE DE FRANCE, par HÉNAULT, avec culs-de-lampe.

560 à 571. Douze Volumes.
ŒUVRES DE BUFFON.

572 à 575. Quatre Volumes.
ORLANDO FURICSO.

576 à 612. Trente-six Volumes.
LA GAZETTE DES BEAUX-ARTS.

613. Vingt volumes.
Livraisons de la GAZETTE DES BEAUX-ARTS.

614 à 638. Vingt-cinq Volumes.
WALTER SCOTT.

639 à 667. Vingt-neuf Volumes.
ENCYCLOPÉDIE MODERNE.

668 à 687. Vingt Volumes.
THIERS, RÉVOLUTION ET CONSULAT.

688 à 704. Dix-sept Volumes.
HENRI MARTIN, HISTOIRE DE FRANCE.

705. Un Volume.
JACQUEMART, LA CÉRAMIQUE.

706. Un Volume.
JACQUEMART, LE MOBILIER.

707. **Un Volume.**

DUVAL, ATLAS UNIVERSEL DES SCIENCES.

708. **Un Volume.**

CHATEAUBRIAND, ATALA, Illustrations G. DORÉ.

709. **Un Volume.**

LE DANTE, Gravures de GUSTAVE DORÉ.

710 à 713. **Quatre volumes.**

LA SAINTE-BIBLE, Gravures de GUSTAVE DORÉ.

714. **Un Carton.**

Renfermant des photographies, reproduction d'œuvres de RUBENS et de VAN-DYCK, avec une série d'autographes des rédacteurs de *l'Indépendance belge*.

715. **Un Volume.**

CATALOGUE DU PALAIS DE SAN-DONATO.

TAPISSERIES

716 à 719. Quatre Panneaux.

En ancienne tapisserie de Bruxelles; composition à sujets guerriers, allégorie à l'histoire des Romains avec bordures et trophées à emblême du XVIIe siècle.

720. Un Panneau.

Tapisserie dite verdure, PAYSAGE ET OISEAUX.

721. Un Tapis oriental.

Tout en broderie.

722 et 723. Une paire Portières.

Avec lambrequin en tapisserie de soie à fleurs, du XVIIe siècle.

FAÏENCES ANCIENNES

ROUEN

724. Vase forme Médicis.
En faïence de Rouen, décor bleu sur blanc, guirlandes de fleurs.

725. Assiette de Rouen décor bleu.

726. — à la corne.

727. — au carquois.

728. — décor bleu, à guirlandes.

729. — moderne, décor bleu & blanc

730. Fontaine en faïence de Rouen.
Décor polychrôme à guirlandes de fleurs.

731. Plat de Rouen décor bleu.

732. Assiette de Rouen décor bleu.

733. Assiette de Rouen décor bleu.

734. Deux bouquetières de Rouen.
(Moderne), décor polychrôme.

735. Pot et Bassin en vieux Rouen décor bleu.

736. Plat octogone de Rouen décor bleu.

737. Plat oblong de Rouen, décor bleu,

738 et 739. Deux Plats octogones de Rouen, décor bleu.

740. Aiguière de Rouen, polychrôme.

741. Plat octogone de Rouen, bleu et rouge.

742. Soupière avec plateau et couvercle en vieux Rouen, décor bleu, à guirlandes et ornements.

743. Aiguière forme casque, de Rouen, décor bleu.

744. Cache-pot de Rouen, décor bleu.

745. Un Pichet faïence de Rouen.

746. Un Plat de Rouen, hexagonal.

747. Une Fontaine de Rouen, décor bleu.

FAÏENCES DIVERSES

748. **Plat** de Delft, décor bleu.

749. **Saladier** de Nevers, à buste de personnage.

750 et 751. **Deux Buires** poteries genre étrusque.

752. **Soupière** de Sinceny, couvercle décor polychrôme

753. **Saladier** de Nevers, à personnage.

754. **Pichet** en grès.

755. **Chope** en faïence, décor bleu, monture en étain.

756. **Coupe-forme coquille.**
En faïence de Montpellier, décor à fleurs et feuillages.

757. **Plat creux de Faenza** décor bleu.

758 et 759. **Deux Assiettes de Delft.**
Polychrome à fleurs.

760. **Plat de Nevers** sujet chinois, décor bleu.

761. **Assiette de Delft.**

762. **Assiette de Montpellier.**

763 et 764. Deux petits plats de Deck.
Décor polychrôme.

765 et 766. Deux petits Plats de Strasbourg.

767 et 768. Deux Saucières —

769. Une Soupière —

770 et 771. Deux Burettes de Sinceny.

772. Un huilier avec Burettes de Sinceny.

773 et 774. Deux Saladiers de Sinceny.
Décor polychrôme.

775. Un Saladier de Delft.

776. Un Plat creux de Delft.

777. Un Saladier de Nevers.

778 et 779. Deux Tasses avec Soucoupes.
Faïence de Quimper, décor polychrôme.

780 et 781. Deux plats de Delft décor bleu.

782 et 783. Deux petites Aiguières.
En faïence du midi, décor à fleurs.

784 et 785. Deux Buires de Pharmacie.
En faïence de Marseille, décor à fleurs.

786. Plat oblong de Moutiers décor bleu.

787. Gourde de Nevers décor bleu.

788. Aiguière en faïence italienne.
A buste de femme.

789. Aiguière poterie genre étrusque.

790. Petit pot en faïence une soucoupe.

791 à 793. Trois Potiches de Delft décor bleu.

794 et 795. Deux Potiches de Delft polychrôme.

796. Cornet de Castel Durante.
Décor à figure de Saint-Jean.

797. Potiche de Delft décor bleu.

798. Encrier de Sinceny décor polychrôme.

799. Encrier de Strasbourg.
décor à fruits, monture en étain.

800. Corbeille dessin vannerie.
Faïence de Marseille avec couvercle.

801. Aiguière à Absinthe en faïence, décor bleu.

802. Coffret moderne polychrôme.

803 et 804. Deux Aiguières.
Faïence italienne, décor bleu.

805 et 806. Deux petites Potiches de Delft.
Décor bleu.

807. Une Plaque de revêtement.
Faïence de Perse.

808. Assiette octogone, décor bleu.

809. Marronnier et Plateau de Delft décor bleu.

810 et 811. Deux Plaques de revêtement.
Faïence de Perse.

812. Un Pichet de Nevers.

813. Grand Plat ovale de Deck.
Bleu turquoise, figure de Carrier-Belleuse.

814. Soupière de Sincency, à fleurs.

815 et 816. Deux petits Pots, de Wedgevood.

817 et 818. Deux Boîtes à Épices.
Faïence de Moutiers.

819. Un Chauffe-mains, faïence de Moutiers.

820. Vase cylindrique en terre de Padoue, émaillée.

821. Petite Soupière faïence d'Arras.

822 et 823. Deux Bouteilles.
Faïence de Delft, décor bleu.

824. Une Soupière.
Faïence de Strasbourg, décor polychrôme.

825. Jardinière de Nevers, décor bleu.

826 à 843. Dix-huit Plats de Rouen.
Delft de Nevers, à décors variés.

844 à 846. Trois Assiettes de Strasbourg à fleurs.

847 à 850. Quatre Assiettes en Faïence
du Midi, décors variés.

851 à 945. Quatre-vingt-quinze Assiettes
Faïences françaises et hollandaises de diverses fabriques.

PORCELAINES

946. Vase de Chine craquelé.

947 et 948. Deux Bouteilles
gris craquelé de Chine, décor bleu.

949. Potiche avec couvercle genre chinois.

950 et 951. Deux Potiches de Chine bleues

952 et 953. Deux Cornets du Japon bleu.

954 et 955. Deux Cornets du Japon bleu.

956 à 958. Trois Potiches.
Avec couvercle, genre de Chine, décor oiseaux.

959 à 960. Deux Vases modernes
genre de Chine, décor bleu.

961. Bouteille de Chine.

962. Aiguière avec Bassin émail peint de Chine.

963. Vase de Sèvres gros bleu, bordure dorée.

964. Vase avec couvercle en porcelaine
Bleu fouetté de Sèvres, rehaussé d'or et d'émaux.

965 et 966. Paire de Vases de Sèvres
Décor bleu lapis, rehaussé d'or et d'émail.

967. Vase de Sèvres décor bleu flambé.

968. Vase ovoïde décor jaune flambé, de Sèvres.

969. Coupe de Sèvres genre céladon, bleu turquoise.

970. Vases de Sèvres.

971. Vases de Sèvres.

972. Théière de Saxe ancien.

MEUBLES

973. MEUBLE CRÉDENCE en bois sculpté s'ouvrant à deux portes, supporté par deux accouplements de consoles, surmontées d'un corps en retrait décoré de figures et de consoles en haut relief avec colonnettes détachées, surmontées de chapitaux époque du XVIe siècle.

974. MEUBLE à deux corps s'ouvrant à quatre battants avec montants à colonnes torses et détachées, époque du XVIIe siècle.

975. MEUBLE CRÉDENCE s'ouvrant à deux portes, supporté par des pilastres, avec dessus à étagère avec fronton en retrait, époque du XVIe siècle.

976. DRESSOIR en chêne, supporté par des colonnes torses, s'ouvrant à deux tiroirs avec étagère et fronton en retrait.

977. PETITE COMMODE forme demi-lune en bois de rose et marqueterie, époque Louis XVI, orné de bronze, dessus en marbre blanc.

978. ARMOIRE NORMANDE en bois sculpté, décoré de corbeilles, de bouquets, de fleurs et de trophées de musique, époque Louis XV.

979. ARMOIRE NORMANDE en bois sculpté, décoré de corbeilles, de bouquets, de fleurs et de trophées de musique époque Louis XVI.

980. VITRINE BIBLIOTHÈQUE en bois sculpté, décorée de rocailles et de branchages en bas-relief, époque Louis XIV.

981-982. DEUX CABINETS en noyer et marqueterie avec poignées et entrées de serrure en cuivre, époque Louis XVI, posant sur une console en bois noir.

983. PETIT MEUBLE à deux corps en chêne sculpté, décoré de figures, d'arabesques et de têtes de chérubins, époque Louis XIII.

984. CABINET en bois noir avec figure de Diane chasseresse en incrustation d'ivoire décorant la porte centrale, époque Louis XIII.

985. BUREAU LOUIS XVI, en acajou moucheté, à cylindre, aaec bronzes.

986. HORLOGE HOLLANDAISE en noyer et filets de marqueterie, cadran multiple en cuivre gravé et émaillé, doré et argenté, époque Louis XV (mouvement en bon état).

987. PSYCHÉ en acajou et filets de cuivre, style Louis XVI.

988. PENDULE forme lyre en bronze doré et marbre Louis XVI (mouvement en bon état).

989-990-991. CANAPÉ époque Louis XIV et deux fauteuils en bois naturel sculpté, couverts en tapisserie au point et au petit point, médaillons à sujets de chasse et fleurs.

992. TABLE en bois sculpté, pieds tors à jour, Louis XIII.

993. ENCOIGNURE en palissandre, dessus en marbre, époque Louis XV.

994. FAUTEUIL forme curule, dossier représentant une lyre chêne sculpté, époque Louis XVI.

995. FONTAINE DAUPHIN et COQUILLE en cuivre poli avec armature architecturale en bois sculpté et marqueterie style Louis XIII.

996-997. Deux GRANDES CHAISES couvertes en cuir de Cordoue, fond d'or, époque Louis XIV.

998-999. Deux CHAISES à haut dossier en bois sculpté et marqueté, travail flamand, époque Louis XIII.

1000-1001. Deux GAINES acajou, cannelées en cuivre.

1002-1003-1004. Quatre GAINES cannelées en chêne.

1005. Une GLACE BISEAUTÉE style Louis XIII, avec cadre en glace, bois noir et ornements en cuivre.

1006. GLACE BISEAUTÉE avec cadre en bois noir.

1007. MÉNAGÈRE argentée, époque Louis XVI.

1008. PICHET en étain.

1009 à 1012. Quatre PLATS en cuivre.

1013. MARMITE avec couvercle en étain.

1014-1015. Deux JARDINIÈRES en étain laqué blanc, dessin à guirlandes de fleurs, époque Louis XVI.

1016-1017. Deux FLAMBEAUX en cuivre forme Louis XIV.

1018-1019. Deux petites BUIRES en cuivre rouge Louis XVI.

1020. SUSPENSION appareil d'éclairage en fer et cuivre, à deux branches.

1021-1022. Deux LAMPES en porcelaine de Chine, décor bleu montures en cuivre de Gagneau.

1023. Une TABLE-GUÉRIDON en noyer à cinq rallonges

1024. Un BILLARD de Pierre Ouvrier avec accessoires.

1025. SUSPENSION à gaz, pour billard.

IMPRIMERIE CHAIX

Succursale CHIRET

18, Rue Brunel

PARIS

www.ingramcontent.com/pod-product-compliance
Ingram Content Group UK Ltd.
Pitfield, Milton Keynes, MK11 3LW, UK
UKHW021001180726
13838UKWH00003B/1407